ZIP BOOKS
Request · Read · Return

...Your Library. Delivered.

This item was purchased for the Library
through Zip Books, a statewide project of
the NorthNet Library System, funded by
the California State Library.

California
STATE LIBRARY
FOUNDED 1850
PRESERVING OUR HERITAGE, SHAPING OUR FUTURE

SE RECOMIENDA QUE HAYA GLOBOS. INFLARLOS MEDIANTE TROMPA DE PAQUIDERMO ES OPCIONAL.

Título original inglés: *Ten Rules of the Birthday Wish*. Autora: Beth Ferry. Publicado originalmente en inglés por G. P. Putnam's Sons, un sello de Penguin Random House LLC. Publicado por acuerdo con Pippin Properties, Inc. a través de Rights People, London. © del texto: Beth Ferry, 2019. © de las ilustraciones: Tom Lichtenheld, 2019. Las ilustraciones de este libro han sido realizadas a lápiz, con acuarela, lápices de colorear y ceras, y han sido tratadas digitalmente por Kristen Cella. © de la traducción: Gemma Rovira, 2020. © de esta edición: RBA Libros, S.A., 2020. Avda. Diagonal, 189 - 08018 Barcelona • rbalibros.com • *Primera edición: junio de 2020.* RBA MOLINO • REF.: MONL637 • ISBN: 978-84-272-1867-3 • Depósito legal: B-6213-2020 • Preimpresión: Aura Digit • Impreso en España • *Printed in Spain* • Queda rigurosamente prohibida sin autorización por escrito del editor cualquier forma de reproducción, distribución, comunicación pública o transformación de esta obra, que será sometida a las sanciones establecidas por la ley. Pueden dirigirse a Cedro (Centro Español de Derechos Reprográficos, www.cedro.org) si necesitan fotocopiar o escanear algún fragmento de esta obra (www.conlicencia.com; 91 702 19 70 / 93 272 04 47). Todos los derechos reservados.

¡Feliz cumpleaños!

10 pasos para disfrutar de tu día

BETH FERRY
TOM LICHTENHELD

Traducción de
Gemma Rovira

RBA

Comprobado:

hay

10

pasos específicos, probados, válidos
y absolutamente fundamentales
para pedir un deseo de cumpleaños.

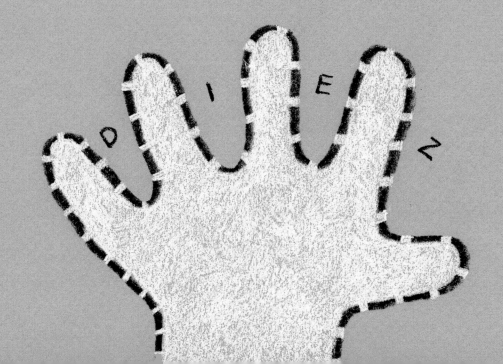

(Si tienes alguna duda sobre
el número de pasos coloca las manos aquí).

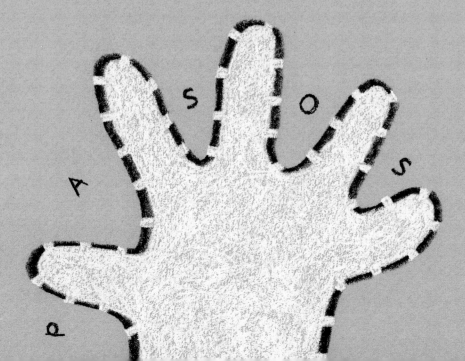

Paso n.º **1** Tiene que ser tu

cumpleaños.

O tiene que estar cerca.

Algún día de la semana siguiente o de la anterior,

tu edad debería haber aumentado un año.

A menos que seas un escarabajo,

un mosquito o una pulga…

Si tu ciclo vital dura

un mes,

una semana o

(snif, snif)

solo un día, por favor:

¡celebra tu cumpleaños ahora mismo!

¡Lo antes posible!
Aletea, bate y vuela
hacia el paso n.º 2.

paso n.º

2 Debes celebrar

¡una FIESTA!

Un sarao, un guateque o un jolgorio.
Debe haber juegos y risas
y, sobre todo, sombreros.
Los sombreros mejoran
automáticamente el ambiente
de una fiesta.

Tambén es buena idea que haya comida
(ver paso n.º 3),

serpentinas,

confeti

y globos.

A no ser que…

... seas un rinoceronte.

S_i eres un rinoceronte, un pez espada, un erizo de mar o cualquier otro ser que pinche, tal vez prefieras ahorrarte los globos.

tarta, buñuelos, profiteroles o churros.

Tu postre no tiene por qué ser redondo.
Puede ser cuadrado, triangular o cilíndrico.
Tenga la forma que tenga, el postre debe ser
lo suficientemente sólido para que puedas aplicar
el paso n.º 4.

Paso n.º

4

Necesitas una o más luces para apagarlas soplando.

Lo tradicional es que sea una vela,
pero también podría ser una bengala.

A menos que seas una ballena...
O una rana...

Si eres una ballena,
tal vez quieras invitar
a unas cuantas medusas
fluorescentes a tu fiesta.

Si eres una rana, puedes usar
luciérnagas en lugar de velas y
COMÉRTELAS de postre.
Está permitido combinar varios pasos.

En cualquier caso,
tiene que haber algo luminoso...

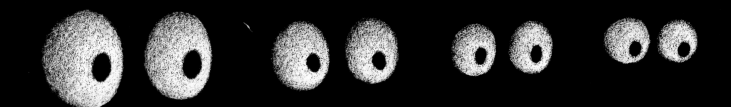

... que se apague.

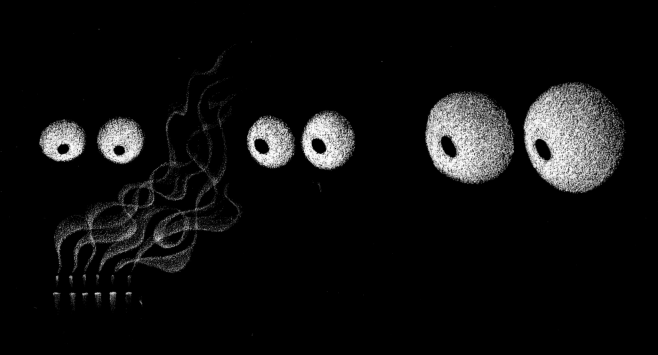

Paso n.º

Hay que cantar.

Lo tradicional es cantar «Cumpleaños feliz».
Hay que cantarla con alegría, en voz bien alta
y, sobre todo, desafinando.
A menos que tus amigos tengan plumas.

Si

eres afortunado
y tienes amigos que saben
trinar,
gorjear
y cantar,
ponte cómodo y
disfruta del espectáculo.

paso n.º

6

Debes cerrar los ojos.

Al cerrar los ojos, tu deseo
queda protegido dentro de tu cabeza,
donde puede pasar de ser algo normal y corriente…

... a ser algo extraordinario.

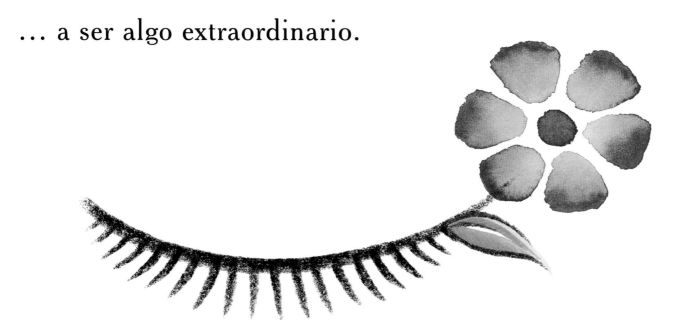

Paso n.º

Tienes que inspirar hondo.

Así te aseguras el éxito del paso n.º 9.

A menos que seas un pez globo.

Si eres un pez globo, NO inspires hondo bajo ningún concepto, porque entonces te inflarás y tus invitados se preocuparán. Todo el mundo sabe que un pez globo inflado no es un pez globo feliz, y una parte muy importante del cumpleaños es ser feliz.

paso n.º

8 Tienes que

(Este es importante).

Solo uno.
Un deseo
maravilloso
e increíble.

Puede ser un GRAN deseo.
O un deseo pequeño.
Puede ser un deseo
para ahora.
O para más tarde.
Pero tiene que ser el deseo
más fabuloso
que puedas imaginar.

paso n.°

9

Tienes que apagar
las velas
de un
solo
soplo.

A menos que seas un camello…

Si eres un camello, lo más probable es que escupas en la tarta al apagar las velas. Nadie quiere comer tarta rociada con saliva de camello, así que, por favor, pide ayuda a tus amigos. Soplar en grupo está totalmente permitido.

*A LOS ALCES NO SE LES DA NADA BIEN SEGUIR INDICACIONES.

Paso
n.º

10

No olvides que un deseo
es algo muy personal, así que...

¡Chsss,

silencio,
chitón!

Y cuando se haya acabado la fiesta
y tus amigos se hayan marchado
y la luna brille en el cielo,
cierra los ojos y sueña…

... que tu deseo se hace realidad.

A Josh, Zach y Ally, cuyos cumpleaños fueron mis mejores días.

B. F.

A mi madre, por darme la posibilidad de celebrar mi cumpleaños,

y muchos más días maravillosos.

T. L.